Lieber gut drauf als schlecht dran

Wem das Wasser bis zum Halse steht,
der darf den Kopf nicht hängenlassen!

Ludwig Hindelang

Lieber gut drauf als schlecht dran

Franz Brack Verlag, Altusried

Ich bedanke mich bei meinem Freund Franz Lachenmair für seine kollegiale Unterstützung.

Umschlag und Illustrationen: Eberhard Neef

Texte: Ludwig Hindelang
Alpenstraße 26, 87484 Nesselwang
Telefon 08361/3116

ISBN 3-930323-26-5
2. Auflage 2002

Zugspitzstraße 2a, 87452 Altusried
Telefon 08373/9205-20

INHALTSVERZEICHNIS

Das Glück ist eine dumme Kuh

und läuft dem dümmsten Ochsen zu.

Glück ist, einen Menschen zu kennen, von dem man sagen kann, es ist schön, dass es ihn gibt.

❀

Wer Glück im Spiel hat, der hat auch Geld für die Liebe.

❀

Das größte Glück der Pferde ist ein Reiter auf der Erde.

❀

Glück ist ein Maßanzug, unglücklich sind meistens diejenigen, die den Anzug eines anderen tragen wollen.

❀

Das schönste Glück - ich finde - ist in den Augen eines Kindes. Guck den wunderschönen Bauch - und ein Näschen hat es auch. Das Doppelkinn und auch die Falten - die hat es aber von dem Alten. Sonst ist aber alles im Butter - ja kein Wunder, bei der Mutter.

❀

Nicht den anderen unterschätzen, es schadet nie, mit ihm zu schwätzen. Ein frohes Wort am Gartenzaune, schafft auch beim Nachbarn gute Laune.

❀

Glück ist etwas Besonderes, man kann es herschenken, ohne es selber zu besitzen.

❀

Wer sich selbst verschenken kann, dem kommt's nicht auf die Verpackung an.

Glück ist das einzige, das wächst, indem wir es verschwenden.

❀

Mit dem Glück ist es wie mit einer Brille, man hat sie auf der Nase und sucht sie überall.

❀

Geld allein macht nicht glücklich, man muss es auch besitzen.

❀

Glücklich und zufrieden ist, wer weiß, was er nicht braucht.

❀

Glücklich und zufrieden ist, wer weiß, dass er nicht alles haben muss, was die andern haben.

❀

Ein Junggeselle ist ein Mann, dem zum Glück eine Frau fehlt.

❀

Glück ist etwas, was man zum ersten Mal wahrnimmt, wenn es sich mit großem Getöse verabschiedet.

❀

Wer möchte nicht lieber durch Glück dümmer, als durch Schaden klug werden.

❀

Willst du wohlgelitten sein, schweig von deinem Glück. Freude die du andern schenkst, kehrt ins eigene Herz zurück.

Viele Menschen versäumen das kleine Glück, während sie auf das große vergebens warten.

❀

Das Glück gleicht dem Balle, er steigt zum Falle.

❀

Glück und Glas, wie leicht bricht das.

❀

Suche das Glück nicht weit, es liegt in der Häuslichkeit.

❀

Viele Menschen wissen, dass sie unglücklich sind. Noch mehr Menschen wissen nicht, dass sie glücklich sind. (Albert Schweitzer)

❀

Im Wartesaal zum großen Glück, da warten viele Leute, warten seit gestern auf das Glück von morgen und leben mit Wünschen von übermorgen. Und vergessen, es ist ja noch heute! Ach, die armen, armen Leute.

❀

Ein Bauernbub hatte auf der Uni Philosophie studiert. Danach hatte er das elterliche Anwesen übernommen. Befragt, was für ihn Glück bedeutet, meinte er: „Wenn i vom Viehmarkt in Roßhaupten hoimfahr', meine Ross vor mir, de g'stirnte Himmel über mir, meine Säu hinter mir, a Maß Bier neben mir, das sittliche Gesetz in mir, dann lastet auf mir ein zufriedenes, herrliches und glückliches Gefühl.

Witzige Begebenheiten

Xaver beichtet einen Ehebruch. Der Pfarrer im Beichtstuhl ist betroffen: „Ja, sag amol, Xaver, ist des öfters vorgekommen?“ Darauf sagt Xaver: „I bi zum Beichte komme, it zum Progle!“

Feuerwehrausflug:
Die Feuerwehr hatte ihren Jahresausflug am Samstag und Sonntag. Am Montag darauf wollte die Frau des Vorstands wissen: „Was hoscht Geld braucht?" - „Ja 350,- Mark." - 14 Tage später waren die Turnerfrauen auf großer Fahrt. Am Montag darauf wollte er wissen: „Was hoscht Geld braucht?" - „Ja 35,- Mark." - „Des geits doch gar it, was hoscht dir do gleischtet?" - „A Obedesse, a Schöpple Wei, ...und nocha hau i so an Trottl kenne glernet, wie du oiner bischt!"

❀

Auf der Alpe:
Ein Sommerfrischler kommt auf eine abgelegene Alpe. Er fängt eine Unterhaltung mit den beiden Alphirten an, dem Vater und dem Sohn. „Schöne Gegend hier!", meint der Gast. Der Alte, schon etwas schwerhörig, fragt den Jungen „Was hot er gseht?" - „Ja, die Gegend gfällt ihm." - „Schönes Wetter heute!" - Was hot er gseht?" - „Ja mei, des Wettr gfällt ihm." Der Gast kommt immer mehr ins Schwärmen: „Hier war ich schon mal vor ca. 35 Jahren, da hab ich mit der Sennerin geschlafen!" - „Was hot er gseht?" - „Ja weischt, d' Muattr kennt er au!"

❀

Gebet einer Jungfrau:
Lieber Vater unser einer, schon wieder Nacht und wieder keiner. Das Bett ist lang, das Bett ist breit, und wenn man so alleine leit, dann wird die Nacht zur Ewigkeit.

In der Sauna:
Ein Mann mit einem ansehnlichen Wohlstandsbauch und ein 8-jähriger Bub schwitzen in der Sauna. Der Bub wollte wissen: „Onkel, was hast du da drinnen, in deinem Bauch?“ - „Lauter Dynamit!“ Der 8-Jährige wollte flüchten, aber der Dicke beruhigte ihn: „Ich hab bloß an Spaß gmacht!“ Darauf der Bub: „Da versteh’ ich keinen Spaß, bei der kurzen Zündschnur!“

❀

Im Beichtstuhl:
Ein Preuße beichtet: „Ich bin ein Preuße, ist das eine Sünde?“ Darauf der Beichtvater: „Sünde ist es keine, aber bereuen würd’ ich es trotzdem.“

❀

Er: „Wenn ich mal nicht mehr bin, möchte ich verbrannt werden.“ Sie: „Typisch Mann, abhauen und die Asche rumliegen lassen!“

❀

A Kemptner Rekrut, der Benedikt, sait zum Stabsarzt: „I ha allat Kreislaufstörunga, bsonders am Vormittag. Do kriagt d’ Wehrmacht amol große Läscht mit mir.“ Do sait der Stabsarzt: „Kreislauf spielt bei eis koi Rolle, mir marschieret allat gradaus.“

❀

Aufgabe in der Schule: Es sind Sätze zu bilden, in welchen „immerhin“ vorkommt. Da meldet sich der Schorsch: „Unsere Nachbarin bekam von meiner Mutter Schläge. Unser Vater geht da immer hin.“

„Ich muss höllisch aufpassen, dass ich kein Kind kriege." - „Ich denke, dein Mann hat sich sterilisieren lassen?" - „Eben!"

❀

Im Unterricht erklärt der Lehrer: „Venedig sinkt und sinkt. Die Bewohner machen sich große Sorgen." Da meldet sich Mäxchen: „Die sollten sich mal lieber ein Beispiel an Mainz nehmen: - Mainz singt und lacht...!"

❀

„Meine Frau arbeitet jetzt halbtags!" - „So, und was macht sie?" - „Sie betreut die Kinder unserer Putzfrau."

❀

Die Lindauer und die Bregenzer liegen sich ständig in den Haaren. Eines Tages sagt der Bregenzer, er könne auf dem Wasser laufen; und am Sonntag Mittag läuft er auf dem Bodensee von Bregenz nach Lindau. Daraufhin versammelten sich eine Menge Neugieriger im Lindauer Hafen. Von weitem sieht man den Bregenzer auf der Wasseroberfläche laufen. Da sagt ein Lindauer: „Do schauet her, do kommt der blöde Österreicher und it amol schwimme kann er!"

Ob ma grad goht oder krumm - ob ma gscheid isch oder dumm - ob ma guet isch oder schlecht - ob ma's falsch macht oder recht - ob ma bleareт oder lachet - ausgricht weascht, do isch nix z'machet.

Stilblüten - Zeitungsinserate

Musikwunsch im Rundfunk:
Meine Frau und ich, wir sind 40 Jahre verheiratet. Spielen Sie mir bitte das Lied „Verdammt in alle Ewigkeit“.

Heiratsanzeigen:

Junge wohlriechende Seife sucht älteren Waschlappen zwecks gemeinsamen Schaumbads.

❀

Alleinstehende Dame mit sechs Richtigen sucht Herrn mit einem Richtigen.

❀

Landwirt, 35 Jahre alt, 35 Tagwerk Grund, sucht Ehefrau mit Traktor. Bild und Altersangabe von Traktor erwünscht.

❀

Jungfrau, 65, noch sehr fit, sucht einen stattlichen Stier, der sich schon die Hörner abgestoßen hat und die köstliche Ruhe einer abgegrasten Wiese zu schätzen weiß.

❀

Suche Frau mit Wald - Motorsäge vorhanden.

❀

Aus der Kirchenzeitung: Pfarrhaushälterin gesucht! Bei günstigem Ausgang des Konzils, Heirat nicht ausgeschlossen.

❀

Schuldlos geschiedene Frau mit 12 Kindern sucht Bekanntschaft für die kalte Jahreszeit

❀

Frau zum Kochen gesucht - (Was d’ Leit heitzutag alles esset!)

Suche Partnerin:

Diskretion:	*Ehrensache*
Religion:	*Privatsache*
Geld:	*Hauptsache*
alles andere:	*Nebensache*

Eine Bekanntmachung: Während des Umbaues meines Friseurgeschäftes werden die verehrten Kunden hinten rasiert.

❀

Suchanzeige im Nesselwanger Tagblatt um 1920: Meine Frau ist mir entsprungen, oder man hat sie umgebrungen. Karolina ist ihr Name, sie ist keine schöne Dame. Die Zähne tun ihr fehlen, die Haare sind zu zählen. Wer ihr begegnet, meiner Alten, der möge sie just behalten.

❀

Kartengruß: Odenwald gewesen, Spaziergang gemacht, Wildschwein gesehen, an Dich gedacht.

❀

Suche Kurort mit Lawinengefahr für meine Schwiegermutter.

❀

Gesucht werden für das Gaststättengewerbe junge Mädchen, welche sich auch zum Kochen eignen.

❀

Bekanntmachung: Wegen Maul- und Klauenseuche hat der Herr Bürgermeister die nächsten Tage keine Sprechstunden.

An das Amt: Die Ausfüllung der Erklärung war mir einfach nicht möglich. Meine Frau musste ins Krankenhaus und ich weiß nicht mehr, wo ich hinlangen soll.

❀

Aus der Nachkriegszeit: Der Beamte, der den Antrag auf meine Kohlen abgelehnt hat, soll einmal im Winter bei mir schlafen, damit er fühlt, was für ein kaltes Loch ich habe.

❀

Aus dem Gerichtssaal: Zeugin konnte wegen Entbindung nicht zur Verhandlung erscheinen.
Richter zum Schreiber: Zeugin hat entbunden; kann erneut geladen werden.

❀

Widerruf: Meine Behauptung, dass Frau Mayer vom 3. Stock eine Drecksau ist, nehme ich mit dem Ausdruck des Bedauerns zurück, weil ich inzwischen weiß, dass ein Schwein sehr reinlich ist.

❀

An das ZDF: Vielen Dank für Ihre Wettervorhersage, wir sind gerade dabei, die 20 - 30 cm heiter bis wolkig aus dem Keller zu pumpen.

❀

Da ich laut Räumungsbefehl meine Wohnung im gleichen Zustand zu verlassen habe, wie ich sie vor einem Jahr übernahm, suche ich dringend zu kaufen: zehn Ratten, zwanzig Mäuse, einige hundert Wanzen und Läuse.

Verloren wurde eine wertvolle Brosche der Frau Geheimrätin, deren Hinterteil emailliert ist.

❀

Auf Ihre gefällige Anzeige, durch die Sie einen Organisten oder Chorleiter-Dame oder -Herren suchen, möchte ich mich bewerben, da ich beides mehrere Jahre gewesen bin.

❀

An die Polizei: Ich habe noch nie Fahrerflucht begangen; im Gegenteil, ich musste immer weggetragen werden.

❀

Aus einem Polizeibericht: In einer Linkskurve geriet ich ins Schleudern, wobei mein Wagen einen Obststand streifte und ich - behindert durch die wild durcheinander purzelnden Bananen, Orangen und Kürbisse - nach dem Umfahren eines Briefkastens auf die andere Straßenseite geriet, dort gegen einen Baum prallte und schließlich - zusammen mit zwei parkenden PKWs - den Hang hinunterrutschte. Danach verlor ich bedauerlicherweise die Herrschaft über mein Auto.

Übrigens:

Hildegard Knef hat sich zum fünften Mal liften lassen, damit der Anton aus Tirol eine neue Lederhose bekommt!

Was ist ...?

... eine Supernonne? - Eine Nonne, deren Mutter und Großmutter auch Nonnen waren.

... wenn ein Spanner stirbt? - Dann ist er weg vom Fenster!

❀

... Entwicklungshilfe? - Das Geld der Armen aus den reichen Ländern an die Reichen in den armen Ländern verteilen.

❀

... Elektrizität? - Mit Hochspannung aufstehn, mit Widerstand zur Arbeit gehn, den ganzen Tag gegen den Strom schwimmen, abends vollgeladen heimkommen, in der Hose einen Kurzen, von der Frau einen Schlag bekommen - dann brennen die Sicherungen durch.

❀

... Bafög? - Der Übergang vom Kindergeld zur Rente.

❀

... Impotent? - Das ist genau so, wie wenn man mit weich gekochten Spaghetti Mikado spielen möchte.

❀

... ein Boxerhund? - Ein Schäferhund nach einem Mutsprung aus dem 5. Stock.

❀

... Gruppensex im Metzgerladen? - Wenn ein Wiener auf drei Frankfurtern liegt.

❀

... ein Abführmittel aus Eisen? - Handschellen!

... ein amerikanisches Roulett? - 5 Antibabypillen, ein Smarties!

❀

... Schlafzimmersmog? - Dicke Luft ohne Verkehr!

❀

... ein Prellbock? - Wenn einer im Freudenhaus nicht bezahlt!

❀

... ein Kupferstich? - Wenn einer im Freudenhaus mit Pfennigen zahlt!

❀

... ein Kurpfuscher? - Wenn der Ehemann seine Frau in der Kur überraschend besucht!

❀

... tolerant? - Wenn sich ein Bayer von einem Preußen a Maß Bier zahlen lässt.

❀

... eine Nonne mit Kinderwagen? - Entweder cin kleines Klostergeheimnis oder ein Kardinalfehler!

❀

... Mut, Übermut und Schlagfertigkeit? - Mut ist, wenn ein Herr in der Badehose ins Theater geht. Übermut ist, wenn er die Badehose an der Garderobe abgibt. Schlagfertigkeit ist, wenn die Garderobenfrau sagt: „Was machst du mit dem Knirps? Willst du den auch abgeben?“

Was ist der Unterschied zwischen ...

... einer Frau und dem Echo? - Beide haben das letzte Wort; aber das Echo wird nicht lauter!

... einem Ansager und einem BH? - Kein Unterschied: Beides ist nicht unbedingt erforderlich, aber es hebt die ganze Sache.

❀

... einem 17 Monate alten Mädchen, einer 17-Jährigen, einer 27-Jährigen und einer 37-Jährigen? - Das 17 Monate alte Mädchen legt man ins Bett und erzählt ihm ein Märchen. Der 17-Jährigen erzählt man ein Märchen und legt sie dann ins Bett. Die 27-Jährige ist ein Märchen im Bett. Die 37-Jährige sagt: „Erzähl mir keine Märchen, komm ins Bett!“

❀

... einer Frau und einer Banane? - Keiner! Beide schmecken am besten, wenn sie ein bisschen verdorben sind!

❀

... einem Optimisten und einem Pessimisten? - Der Pessimist sagt: „Die Flasche ist halb leer.“ Der Optimist sagt: „Die Flasche ist halb voll.“

❀

... einem Freund des Hauses und einem Hausfreund? - Der Freund des Hauses kommt wenn er will, beim Hausfreund ist es umgekehrt.

Übrigens:

Der Hausfreund kann niemals Freund des Hauses sein, aber der Freund des Hauses kann zugleich Hausfreund sein!

Scherzfragen

Was haben eine Ehefrau und eine Gewitterwolke gemeinsam? - Wenn sie sich mittags verziehen, kann es noch ein schöner Tag werden.

Wie kann man einen Preußen zum Weinen bringen? - Indem man ihm den Trachtenanzug wegnimmt.

❀

Was macht ein Glaser, wenn er kein Glas hat? - Er trinkt aus der Flasche!

❀

Wie kann man in der Spielbank ein kleines Vermögen machen? - Indem man ein großes verspielt!

❀

Das Klosettpapier ist in der Regel doppelt. Warum? - Weil man bei uns für jeden Dreck einen Durchschlag braucht!

❀

Warum ist Fett in der Milch? - Damit es beim Melken nicht quietscht!

❀

Was gibt das, wenn sich eine Kuh einen Meter bückt? - Einen Kuhbückmeter!

❀

Warum haben Schwäne einen so langen Hals? - Damit sie bei Hochwasser nicht ertrinken!

❀

Was gibt dreimal sieben? - Feinen Sand!

❀

Was stellt man sich unter einer Hängebrücke vor? - Wasser!

Wie muss man sich verhalten, wenn man im Dschungel einer Schlange begegnet? - Hinten anstellen!

❀

Was ist 65 Jahre alt und lebt mit einem Wolf zusammen? - Frau Wolf!

❀

Woran erkennt man den freundlichen Motorradfahrer? - An den Fliegen zwischen den Zähnen!

❀

„Was macht ein Beamter, wenn er im Dienst in der Nase bohrt?“ - Er holt das Letzte aus sich heraus!

❀

Wie sagt man zu einem dicken Seiltänzer? - Der ist schwer auf Draht!

❀

Wo ist beim Baum hinten? - Da wo der Haufen liegt!

❀

Der Lehrer fragt: „Was ist für ein Unterschied zwischen gratis und umsonst?“ Der Schorsch meint: „Der Schulbesuch ist gratis, was der Lehrer uns beibringt, ist umsonst.“

Übrigens:
Schau immer vorwärts, nie zurück, neuer Mut ist Lebensglück.

Aus der Schule (Aufsätze)

Das Kamel kann 7 Tage arbeiten, ohne zu saufen; bei meinem Vater ist es umgekehrt.

Beim Schwimmfest: Nachdem die Männer 100 m gekrault hatten, wickelten die Frauen ihre 200 m Brust ab.

❀

Beim Schützenfest: Am Anfang gingen blau-weiß gekleidete Mädchen, das waren die Jungfrauen. Beim Rückmarsch war dies nicht mehr der Fall; sie gingen jetzt an zweiter Stelle.

❀

In Lappland wohnen zwei Sorten von Menschen. Die Reichen fahren im Rentiergespann, die armen Lappen gehen zu Fuß, daher der Name „Fußlappen". Auch wohnen die Menschen dort dicht beisammen, daher das Sprichwort „Es läppert sich zusammen".

❀

Mein Rad hatte eine Panne, ich schob es zum Brunnen, dann hängte ich mein Loch solange unter Wasser, bis Blasen kamen.

❀

Der Jäger geht in den Wald, legt sich auf den Bauch und lässt es krachen. Und das nennt man Anstand!

❀

Wir dürfen uns daheim keine Katze halten, da unser Vater schon lange einen Vogel hat.

❀

„Was ist dein Lieblingsinstrument?", fragt der Lehrer den kleinen Willi. - „Der Essensgong!"

Aufsatz über einen Brand: Der hintere Teil des Herrn Wildegger ist abgebrannt, der vordere steht noch. Die Dienstmagd Lena rettete das nackte Leben im bloßen Hemd, aber sie wird von der Versicherung gedeckt.

❀

Meine Tante schenkte mir eine Sparbüchse. Sie war ein Schwein, sie hatte zwei Schlitze, einen fürs Harte und einen fürs Papier.

❀

Schorschl sagt zum Vater: „Morgen kommt der Erdbeerschorsch zum Filmen in die Schule!“ Meint der Vater: „Da hast dich bestimmt verhört.“ Am nächsten Tag: „Vater, du hattest recht, das war nicht der Erdbeerschorsch, sondern der Erzbischof zum Firmen!“

❀

In der Schule wurde ein Klassenfoto gemacht. Darüber mussten die Schüler einen Aufsatz schreiben. Ein Schüler schrieb Folgendes: „Zuerst wurden wir alle hingerichtet, dann mussten wir dem Fotografen in das Loch schauen.

❀

Ein Erschtklässler kommt von dr Schuel hoim. D'Muetter frogt 's Büble: „Was war heit los in dr Schuel?“ - „Heit war dr Herr Pfarrer do.“ - „Ja, von was hot er denn verzählt?“, frogt d' Mamma. Aber em Büble fällts einfach it ei. Als alle beim Esse am Tisch sitzet, und d' Mamma jedem d' Suppe ins Teller schöpft, do schreit dr Kloi: „Mamma, jez woiß i, von was dr Herr Pfarrer verzählt hot - vom Schöpfer!“

Handwerk hat goldenen Boden

... aber a guet's Mundwerk ist manchmol besser als a Handwerk.

Ein Holzfäller sagt zu seinem Kollegen: „Brauchst it pressiera, es sind no Bäum gnug dau!“

❀

„Des geit a kuze Wuche“, hot dr sell Maurer gset, wia ner am Montag gschtorbe isch!

❀

„Schau, dass was goht!“ hot der Polier zum Lehrbua gsagt. Der antwortet: „I schau scho alleweil und ’s goht nix!“

❀

A Maurer ischt vom Grüscht ragfalle, kommt der Polier derzue und hot gmoint: „Dund eam doch d’ Händ aus em Hosesack, dass es auslueget wie a Arbeitsunfall.“

❀

Eintrag im Stundenbuch eines Azubi: Habe helfen heben geholfen: 8 Stunden.

❀

Ein Säger wurde nach 50 Dienstjahren in den Ruhestand verabschiedet. Zu vorgerückter Stunde sagte der Chef zu ihm: Es soll kein Vorwurf sein, aber es sei ihm nicht entgangen, dass er die ganzen Jahre täglich seine Tasche mit Brennholz gefüllt habe. In 50 Jahren ergab dies zwei Waggon Brennholz. Durch Gewissensbisse geplagt, ging besagter Säger zum Ortspfarrer zum Beichten. Er sagte: „Herr Pfarrer, ich habe zwei Waggon Holz gestohlen!“ Der Pfarrer meinte: „Das ist ein starkes Stück. An deiner Stelle hätte ich jeden Abend eine Tasche Holz mit nach Hause genommen!“

Der Bäckerlehrling zum G'sell: „Komisch, mit de kloinste Semmel baut sich unser Bäckermeister die größte Häuser!"

❀

Ein Kunde beschwert sich beim Bäckermeister: „Deine Semmel sind so altbacha, da könntscht glei Fensterscheiba dermit neiwerfa!" Dazu moint der Bäckermeister: „1945 wärscht froh gwesa um so an Semmel!" Dazu sagt der Kunde: „Ja damals wäret's frischbacka gwesa!"

❀

Der Lehrbue und der Metzgermeister hand gwurstet. Set der Lehrbue: „Meister, wenn des rauskommt, was do neikommt, kommet mir zwei nei, dass ber nimma rauskommet!"

❀

Der kürzeste Maurerwitz:
Zwei Maurer sind an einer Wirtschaft vorbeigegangen. Da sagt der eine: „Heut war mer aber recht tapfer!" Der andere vermerkt aus lauter Freude über die Selbstüberwindung: „Des demmer aber bei a paar Maß Bier feira!"

❀

„Was dummer heut Nachmittag?" hot der Maurerstift da Polier gfroget. Dieser antwortet: „Nix, dass d' Arbat au weg ischt!"

❀

Wenn d' langsam sterben willst, muasch di von am Maurer im Stundelohn z'totschlage lau.

Der Lehrbub zum Schreiner-Meister: „Jetzt han i mir scho wieder an Kleispa neigstoßa!“ Der Meister antwortet: „I han dir scho hundertmal gsagt, dass du di it am Grind kratza sollst!“

❀

„Auch gut“, sagte der Schneidermeister, als er seinem Lehrling das Bügeleisen nachgeworfen hatte. Das Geschoss verfehlte jedoch das Ziel und traf die Meisterin.

❀

Der Bauer hat zum Nachbarn gesagt: „Unser Viehhändler versteht nix vom Gschäft, aber sei Gschäft, des verstoht er scho!“

❀

Der Chef faucht seine Sekretärin an: „Sie haben keine Ahnung vom Tuten und Blasen!“ Da fragt die Sekretärin: „Was ist tuten?“

❀

Der Schlaumeier sagt zum Nachbarn: „’s Finanzamt wird aufg‘löst. I hab heut a Schreiba kriegt, do stoht drauf: Allerletzte Mahnung!“

❀

Kopf kalt - Füße warm - macht den besten Doktor arm.

❀

Ein Bauer schreibt an das Finanzamt: „Teile Ihnen Folgendes mit: Die gepfändete Kuh ist rindrig geworden. Was soll ich tun? Soll ich sie zum Stier führen, oder kommt von Euch jemand vorbei?“

Der Richter hat den Angeklagten gefragt: „Angeklagter, sind Sie vorbestraft?“ Der Angeklagte antwortet: „Noi, aber oimol wär i beinah freigsprocha wora!“

❀

Lieber Frauen küssen als mauern müssen.

❀

Ein Sportsfreund fragt einen Schützen: „Du bischt doch a guter Schütze?“ Dieser antwortet: „Ja, warum?“ Der Sportsfreund meint: „Ja, dann kasch mir ebbes vorschießa!“

❀

Hallo Daumen, ruft der Hammer, prima, dich wieder mal zu treffen.

❀

... und dann war da noch der Klempner, der die Toilette mitnahm und beruhigend sagte: „In zehn Tagen haben Sie sie wieder.“

Übrigens:

Wie geht es Ihnen?

Der bekannte Komiker Karl Valentin gab darauf zur Antwort: „Mir geht es persönlich eigentlich gar nicht fast ganz gut!“

oder

„Nicht so gut wie gestern, aber besser wie morgen!“

Es sagte ...

... der Totengräber: „Mit de Beamte han i am wenigste Arbat. Die tu i bloß umbette.“

... der Zahnarzt: „I gwinn bei jeder Ziehung."

❀

... der Friseur: „Do saget se allat, meine Messer schneidet it, derweil bluetet jeder wie a Sau."

❀

... der Kfz-Meister zum Lehrling: „Konrad, heute üben wir das Kopfschütteln beim Öffnen der Motorhaube!"

❀

... die Hausfrau: „I ka doch it an jeden Dreck denke", weil se 's Mittagkoche vergesse hot.

❀

... der Mesner: „Heit hau i 's Gebeatläute vergesse. Hoffentlich hot's neamat gheart!"

❀

... der Medizinmann: „Für jed's Kräutle gibt's a Krankheit."

❀

... der Patient: „Ich hab einen tüchtigen Hausarzt, der hat sogar einen eigenen Friedhof."

❀

... der Malermeister: „Ich habe als Aushilfskraft einen arbeitslosen Frauenarzt eingestellt. Übrigens ein Spitzenmann. Er hat kürzlich bei einem Kunden, der nicht zu Hause war, durch den Briefschlitz die Wohnung tapeziert."

... der Polier zum Maurerlehrling: „Du bischt a fauler Hund, du guggscht langsam, du laufscht langsam, du schaffscht langsam. Kannscht du überhaupt ebbes gschwind?“ Der Lehrling dazu: „Ja, i werd gschwind müd!“

❀

... der Malermeister zum Pfarrer: „Ich kann die Kirchturmuhr nicht streichen, der große Zeiger haut mir immer den Pinsel aus der Hand.“

❀

... der Malermeister zum Lehrling: „Du streichst jetzt diese Fenster. - 3 Stunden später: „Meister, die Fenster hab ich gschtrichen, soll ich den Rahmen auch streichen?“

❀

... der Meister zum Lehrling: „Georg, morgen melden wir Konkurs an, damit du das auch lernst.“

❀

... der Metzgermeister zum Lehrbua: „Kehr 's Schlachthaus zemet, nocha demmr wurschte!“

❀

... ein Zimmermann: „Wenn mir oiner helfe dät, noche dät i dean Balke alloi lupfe.“

❀

Es sagt der eine zum anderen: „Mir machen grad alle an Kurs. Dös Mädle macht an Backkurs. D' Frau an Nähkurs. Dr Bua an EDV-Kurs. Und i an Konkurs.“

... das Mädle zum Bue: „Noi, noi, i gang alloi hoi - und wenn's it glaubscht, nocha kascht ja mitgau!"

❀

... die Ehefrau: „Zur Goldenen Hochzeit wünsch' ich mir eine Brücke ins Schlafzimmer. Meint er: „Wofür eine teure Brücke - in einer Gegend, wo kein Verkehr mehr ist!"

❀

... die Regenwurmfrau: „Ich mach' mir große Sorgen um meinen Mann, er ist seit gestern vom Angeln noch nicht zurück."

❀

... der Jäger: „Deam hau i 's Loffe zeiget", weil a de Has it troffe hot.

❀

... ein Vampir zum anderen: „Ich geh' heute Abend ins Theater." Darauf der andere: „Was gibt man?" - „Wiener Blut!"

❀

... der Wanderer: „Für eine Abkürzung ist mir kein Weg zu weit."

❀

... der Angeber: „Zuhause habe ich Liebesbriefe in fünf verschiedenen Sprachen!" - „Na und", meint der andere, „ich zahle Alimente in sechs verschiedenen Währungen!"

❀

... einer zum anderen: „Bei mir gab's heute Bohnensuppe". - „Ja, ich habe Wind davon bekommen!"

Von der Liebe

Millionen Männer machen sich Gedanken darüber, mit welcher Frau sie schlafen möchten. Nur eine verschwindend kleine Minderheit denkt daran, mit welcher Frau sie aufwachen möchten.

Kommt ein Mann zur Polizei: „Bitte, nehmen Sie mich fest, ich habe meine Frau geamselt." Fragt der Beamte: „Verwechseln Sie da nicht irgend etwas?" Der Mann: „Ahh, richtig, erdrosselt meine ich!"

❀

„Also, wenn mein Mann den Höhepunkt erreicht, dann lässt er immer einen Urschrei los wie Tarzan!" „Aber das muss doch ein sehr befriedigendes Gefühl für dich sein." „Eigentlich schon, aber ich wache jedesmal davon auf."

❀

Morgens kann ich nicht essen, weil ich an dich denke. Mittags kann ich nicht essen, weil ich an dich denke. Abends kann ich nicht essen, weil ich an dich denke. Nachts kann ich nicht schlafen, weil ich Hunger habe.

❀

„Mein kleiner, süßer Schatz", flüstert der Klavierlehrer und drückt seiner erwachsenen Schülerin einen Kuss auf die Stirn. Errötend sagt sie: „Da capo, Meister, aber diesmal drei Oktaven tiefer."

❀

Lieber Sex in der Wüste als Sand im Bett.

❀

Ein stürmischer Typ ist besser als ein windiger.

❀

Schont eure Frauen - geht öfter fremd.

Viele Frauen sind ihren Männern weit voraus - sie verbrauchen schon das Gehalt des nächsten Monats.

❀

Mädel bleib sauber, Mädel, bitte glaub' es mir, aus einem turtelnden Tauber wird rasch ein rasender Stier.

❀

Du darfst einen Mann nie so heftig hassen, dass du ihm seine Geschenke zurückgibst.

❀

Die Ehe verleiht dir kein längeres Leben, du empfindest es nur länger.

❀

I handle allat noch meiner eigene Meinung - und dia isch - dass i zerscht mei Frau frog.

❀

Dia oinzig Schteier, dia meischtens z' niedrig isch, isch d' Ausschteier.

❀

Wenn zwei das selbe tun, kann leicht ein Drittes dazukommen.

❀

Das Schönste am Seitensprung ist der Anlauf.

❀

Der eine hat ein trautes Heim, der andere traut sich nicht mehr heim.

Frauen sind zu allem fähig, selbst zum Guten!

❀

Wenn eine Frau sich ’nen Kerl angelt, hält er sich für ’nen Eroberer.

❀

Alle Mädchen lachen, nur nicht Sybille, die vergaß die Pille.

❀

Lieber fünf vor zwölf als keine nach eins.

❀

Es gibt zwei Sorten von Frühaufstehern - die einen stehen vor sieben auf, die anderen nach Sex.

❀

Alle reden vom Öffentlichen Verkehr, aber keiner traut sich.

❀

Hilde schreibt an ihre beste Freundin: Du machst dir keine Vorstellung, wie unersättlich Georg in der Liebe ist. Wir machen praktisch Liebe rund um die Uhr, während ich putze, Staub sauge, koche, spüle oder fernsehe. Gib mir doch bitte einen Rat und schreibe mir bald. Anmerkung: Entschuldige bitte die ruckartige Schrift!

❀

Ehefrau: „Stell dir vor, Heinrich, der Heiratsvermittler, durch den wir uns kennen gelernt haben, ist gestern erschossen worden.“ - „Na und? Ich habe ein Alibi!“

„So bin i frei zna und zna!“, hat die Erna g’sagt, wie der Toni ihren schönen Hals bewundert hat.

❀

„Warum wollen S‘ die suchen?“, hat der Polizist g’fragt, wie der Wachter eine Fotografie von seiner Frau für eine Vermisstenanzeige gebracht hat.

❀

Die Alte schützt vor Torheit nicht.

❀

Bevor ich dich besudle, Puppe, ess‘ ich noch ’ne Nudelsuppe.

❀

Männer sind wie Zähne - wenn man sie nicht hat, erwartet man sie sehnlichst, wenn man sie bekommt, tun sie weh, und wenn man sie verliert, hinterlassen sie Wunden.

❀

Manche Frauen sind fabelhaft im Haushalten - wenn sie einen Mann verlassen, behalten sie sein Haus.

❀

Eine Frau auf dem Mond ist die Ausnahme - alle Frauen auf dem Mond wäre die Lösung.

❀

„Papa, was ist Liebe?“ - „Liebe ist das Licht des Lebens.“ - „Und die Ehe?“ - „Das ist die Stromrechnung!“

Vom Trinken ...

Weißt du wohl an was ich denke -
was mir so vor Augen schwebt,
weißt du wohl um was mein Sinnen -
sich die ganze Stunde dreht,
ach ihr Bild schwebt mir vor Augen -
leuchtend lachend sinnend klar,
so als wollt es zu mir sagen -
nimm mich hin für immerdar.
Ach wie riss ich sie zum Munde -
mit Verlangen und Begier,
und drückte sie an meine Lippen -
die lang ersehnte Flasche Bier.

Liebe Brüder und Schwestern,
lasset uns danken!

Vater Wirt, der du bist in der Schenke,
gepriesen sei dein Fass,
zu uns komme dein Bier,
das du empfangen hast von der Brauerei,
das gelitten hat
unter dem Schaukeln des Bierwagens.

Sitzet zur Rechten des Schlegels,
des allmächtigen Hahnes,
von dannen es laufen wird,
um uns durstige Seelen leben zu lassen.

Ich glaube an das Bier des Wirtes,
an die Gemeinschaft der Kalbshaxn,
vergib uns unsere Schulden,
die wir zu bezahlen haben
und führe uns nicht in Versuchung
nach Hause zu gehen,
sondern erlöse uns von unseren Übeln
und führe sie nach Hause.

So lasset uns weitersaufen in Ewigkeit, Prost!

❀

Bei uns wird Geld nicht schimmlich - wir brauchen immer ziemlich.

❀

Der Herr da hat den Schnaps spendiert - drum trink mr ihn ganz ungeniert und wünschen ihm und seinem Weib - heit Nacht an guata Zeitvertreib.

Schnaps ist ein besondrer Saft - er gibt uns Schwung - er gibt uns Kraft - er macht uns fröhlich, spitz und munter - schütt ma'n nunter.

❀

Achten Sie auf Ihren Ruf - saufen Sie zu Hause!

❀

Ein Junger wird vom Tod betroffen - gleich heißt's er hat sich totgesoffen. Stirbt aber einer von den Alten - so heißt's der Wein hat ihn erhalten. Herrgott segne meinen Durst - alles andre ist mir wurst.

❀

Drei Wochen balzt der Auerhahn - und auch das liebe kleine Reh - hat nur drei Wochen Liebesweh. Jedoch der Mensch, welch ein Entzücken - kann im Winter, Sommer, Herbst und Lenz - Gott schütze euch vor Impotenz.

❀

Sie reichten Weine uns und Bier, und Schnäpse und dergleichen, doch manche gibt's, die können uns nicht mal das Wasser reichen.

❀

Lebe wohl Verstand - wer weiß, wann wir wieder zusammenkommen.

❀

Das Wasser gibt dem Ochsen Kraft, der Mensch trinkt lieber Gerstensaft, drum danke Gott als guter Christ, dass du kein Ochs geworden bist.

Unter einer Durststrecke versteht man den Weg von einer Kneipe zur anderen.

❀

Sie zu ihm: „Jetzt bist vorgestern gestern hoim - und gestern bist heit hoimkomme, wenn du jetzt heit erst morgen hoimkommst, brauchst übermorgen gar nimmer hoimkommen.“

❀

Wenn i ausgeh - isch a Geld dahoim - und wenn ’s Geld ausgeht - dann bin i dahoim.

❀

Mein Mann hat keinen Säuferwahn - der säuft wirklich.

❀

„Wie möchten Sie Ihr Bier?“ - „Geschenkt! - und zwar ein.“

❀

Nach einer durchzechten Nacht fragt ein Stammtischbruder den anderen: „Was hot dei Alte gset, weil so spät hoimkomme bischt?“ - „Gset hot se gar nix - und die vordere Zäh hättet sowieso rausmüesse.“

❀

Sie: „Gestern Nacht hosch an schönen Rausch ghabt!“ - Er: „Gfreit mi, wenn er dir gfallen hat!“

❀

Die Gans erwacht im fremden Forst - und liegt in einem Adlerhorst, sie schaut sich um und meint betroffen - mein lieber Schwan, war ich besoffen.

... und vom Essen

Der Gast zum Wirt: „Ihre Schnitzel sind ungenießbar!“ Der Wirt: „Ich hab schon Schnitzel gemacht, da waren Sie noch gar nicht auf der Welt!“ - „Kann sein, aber warum servieren Sie sie dann erst jetzt?!“

Auf der Speisekarte steht: Ochsenzunge. Der Gast meint: „Ich esse nichts, was andere Viecher im Maul hatten - bringen Sie mir zwei Eier!“

❀

„Herr Ober, das soll Schaumwein sein - der schäumt ja nicht!“ - Der Ober: „Haben Sie schon mal eine Ochsenschwanzsuppe wedeln sehen?“

❀

Ein Tourist steht vor einer Mc-Donalds-Bude. Die Verkäuferin fragt: „Chicken?“ - „Noi, i ess es hier.“

❀

„Herr Ober, in meiner Suppe raufen zwei Fliegen!“ - „Ja glauben Sie, für 6,50 DM sehen Sie einen Stierkampf?“

❀

„Vorzüglich das Schnitzel - besonders das Fleisch zwischen dem schwarzen und dem rohen!“

❀

„Früher hammer immer vor'm Essen betet - jetzt bloß no, wenn's Schwammerl gibt.“

❀

In einer Pension klopft der Wirt an die Tür eines Sommerfrischlers: „Aufstehen mein Herr, es ist Mittag!“ - „Aber ich hab' noch keinen Hunger!“ - „Ich brauch aber 's Leintuch zum Tischdecken!“

❀

Viele Köche verderben die Köchin.

Übrigens: Auch Vegetarier beißen nicht gern ins Gras.

❀

Die Wissenschaft hat herausgefunden: 6 Halbe ersetzen eine Mahlzeit. - „Dann hoscht aber immer no nix trunke!"

❀

Teigwaren heißen Teigwaren - weil die Teigwaren einmal Teig waren.

❀

Zwei Sachen muss man können: Essen und Vergessen.

❀

Lieber den Magen verrenkt - als dem Wirt was geschenkt.

❀

„Reiß di zam, Alter", sagt die Bäuerin im Hotel zu ihm, „do hinn muasch nobel fresse!"

❀

Was, so klein und schon ein Schnitzel!

❀

„Du bist also Vegetarier - warum eigentlich?" - „Aus Liebe zu den Tieren!" - „Und warum frisst du ihnen dann ihr Futter weg?"

❀

Es ist leichter die Verdauung eines anderen zu fördern - als die Beförderung eines andern zu verdauen.

„Herr Doktor, i bi z'fett, könned Se mer helfe?" „Freilich, jetzt ganged Se hoi und pachtet a Jagdrevier und esset bloß des, was Se selber gschosse hand."

❀

„All Johr a Reisle, all Monat a Räuschle und all Wocha a Mäusle, nau wirsch a alts Greisle!"

❀

Die Frau fragt ihren Mann, was ein Schöffengericht ist. „Warum fragst du das mich, schau doch in deinem Kochbuch nach!" brummte er.

❀

„Dia isch so dumm", hot di oi Nochbeire von dr andere gsait, „dass se im Kochbuch nochlueget, wenn se d' Wäsch kochet!"

❀

„20 Mark für a Kochbuch wäret wahrscheinle gscheider gwea!", hot dr sell gsait, wia'n oiner gfroget hot, ob des stimmt, dass er seim Weib a Kuche für 20 000 Mark kauft hot.

❀

Frau Hartmann schickt ihren Mann zum Einkaufen: „I möcht gern 2 Pfund Sauerkraut für meine Frau!" Darauf der Krämer: „I mach koine Tauschgschäfter!"

❀

Das war nicht meine Leibesspeise, drum geh ich raus und speibe leise!

Des waren no Zeiten, ...

... als dr Vater und i no Buabe waret!

Dr Bua zum Bua: „Mei Vater ka sich rasiere, ohne dass er sei Pfeifle aus em Maul tuet!“ Der andere: „Mei Vater tuet Zehenägel schneide, ohne dass er seine Socka runter tuet!“

❀

„Vater, was isch a Vakuum?“, fragt der Sohn den Vater. Der Vater sagt: „Des ka i grad it erkläre, aber im Kopf hab i’s!“

❀

Der Nachbar fragt d’ Bua: „Was tuet dei Vater?“ Der Bua antwortet: „Nix!“ Der Nachbar fragt weiter: „Und was tuest du?“ Der Bua sagt: „I hilf em Vater!“

❀

Dr Bauer hot gsait: „Buabe, d’ Welt dürfet ihr uib aluege, aber z‘Oabet in d’ Stall müesset ihr wieder do sei!“

❀

Zwei Buben stritten sich. Da sagte der eine: „Mein Vater ist Polizist, der kann dich einsperren!“ Darauf der andere: „Und mein Vater ist Doktor, der kann dich operieren, aber nachher bist hin!“

❀

’s Büble kommt zum Hörgerätebauer und fragt: „Isch em Opa sei Hörgerät repariert?“ Der Hörgerätebauer antwortet: „Leider ischt des Gerät no it fertig!“ Der Hörgerätebauer fragt ’s Büble: „Hätt der Opa ’s Gerät dringend braucht?“ ’s Büble moint: „Der Opa weniger, aber d’ Oma will d’ Opa mol wieder richtig schimpfe!“

Der Sohn zum Vater: „Papa, heut war der Herr vom Umweltschutz dau!“ Der Papa fragt: „Was wollt denn der?“ Der Sohn antwortet: „I hab koi Ahnung, aber i han ghört, wie der d’ Mama gfroget hot, ob d’ Luft rein isch!“

❀

Dr Bua sagt: „Ganz recht gschieht’s meim Vater, dass mi an de Händ friert, er kauft mir ja au koine Handschuh!“

❀

Mutter sagt zum Fritzle: „Geh mach doch d’ Fernseher a weng leiser, dass dr Vater dei Aufgab mache ka!“

❀

„Naa, d’ Muattr isch mit!“, hat der Bua g’sagt, wie man ihn g’fragt hat, ob der Vater zur Erholung weg isch.

❀

„Papa, was versteht man eigentlich unter Alimente?“ - „Erzeugerpreise!“

❀

„Babba, was isch a Verlobung?“ „Woisch, Buale, a Verlobung isch so, als ob du z’ Weihnächte a Fahrrad kriege dätscht, darfscht aber erscht z’ Ostre drauf fahre.“ „Aber klingle werd ma scho früher dürfe, odr it, Babba?!“

Der Bauer und der Knecht

Es sagte der Doktor zum Bauer: „Du musst morgen wiederkommen. Erstens muss ich dir Blut abzapfen, dann brauche ich noch deinen Urin und eine Stuhlprobe.“ Darauf der Bauer: „Des machet mir so, i lass dir oifach mei Lederhose doa!“

„Ma ka afange seim oigene Fiedle nemme traue!“, hot dr Hirtebua gset. „I han welle oin fahre lasse und han glatt in d’ Hosa gschisse!“

❀

„I bin a Tierfreund!“ hot dr Bauer zum Knecht gsait: „Am liebste mag i ’s Schweinerne!“

❀

Dr Bauer hot z’ Lichtmess an Knecht eigstellt. D’ Großmagd hot zum Knecht gsait: „Irgendwoher kenn i di? Han i net scho amaul a Kind ghet von dir?“

❀

Isch dr Bauer voll mit Wei’, scheißt a auf de Führerschei’.

❀

Die sell Magd isch schwanger woare vom Knecht. D’ Bäuerin hot derzue gmoint: „Ja, nau weared ihr wohl heirate!“ D‘ Antwort vo dr Magd war: „So intim sind mir au no it!“

❀

Eine Kuh macht muh, viele Kühe machen Mühe.

❀

Dr Knecht sagt zur Bäuerin: „Heut hammer chinesisch gessa, a weng z’weng!“

❀

Wenn der Bauer aus dem Fenster speibt, weil ihm nix im Magen bleibt und er wird vorübergehend blind, dann herrschte starker Gegenwind.

Werbesprüche

Esst mehr Obst und ihr macht uns gesund! - Obstzentrale Kreßbronn.

❀

Füttere deine Kinder mit Knoblauch und du kannst sie auch im Dunkeln finden!

❀

Nicht alle Jungfrauen sind echt; kaufen Sie nur im Fachgeschäft - 30 Tage Garantie bei schonender Behandlung!

❀

Hast du Minimax im Haus, geht das Feuer immer aus! Minimax ist großer Mist, wenn du nicht zuhause bist.

Hast du Dextro-Energen im Haus, bleibt der Hausfreund immer aus. Dextro-Energen ist großer Mist, wenn's der Hausfreund schon vorher frisst!

❀

Semmelbrösel in den Socken, hält den größten Schweißfuß trocken.

❀

Der Sarg ist zu, die Witwe kichert, denn sie ist Allianz-versichert.

❀

Iss Kaviar statt Rama, dann hast du den Tiger im Pyjama.

❀

Dreimal täglich Apfelsaft, dann kannst du sch... ohne Kraft.

❀

Wenn du auf der Pirsch im Walde den Hirsch verfehlst und triffst dei Alte - wenn dir also Gutes widerfährt - das ist einen „Asbach Uralt" wert.

❀

Wenn's hinten juckt und vorne beißt, nimm Klosterfrau Melissengeist. Jedoch der Pfarrer Emil Kleist, der pfeift auf den Melissengeist. Er sagt nein und lächelt schlau, mir genügt die Klosterfrau.

❀

Ob Onkel oder Papi, a jeder kriegt sei Dose Chappi - und ist der Papi noch nicht satt, kriegt er auch noch Kitekat.

Allgäuer Sprüch' und Volksweisheiten

Wer gege d' Wind brunzed, dea kriagt nasse Hosa.

A verschüttets Wasser isch numme gut zum Aufheba.

❀

’s Gutsei isch scho recht, doch es isch oft dr A’fang von dr Dummheit.

❀

Von de Bettelsleit muss ma ’s Kocha lerna und von de reiche Leit ’s Spara.

❀

„Es isch blos a Übung“, hot dr Fuchs gsait, als se eam ’s Fell über d‘ Ohre zoge hant.

❀

Mit am nähe Acker und ar weit weg wohnenden Schwiegermutter fährt ma am beschta.

❀

Vom Schaffe wird ma it reich - sonscht wäret Taglöhner die reichschte Leit.

❀

„Solang unser Herrgott nimmt, nimm i au“, hot dr Witwer gsait, als er ’s vierte Weib gnomme hot.

❀

„Des isch ja gspässig“, hot’s Weible gsait, „d’ Händ wäschat ma alleweil, und d’ Füß gar nie.“

❀

D’ Weiber hand mehr Gwalt wie ’s Schießpulver.

A bissle verdrehte Sprichwörter

Es kann der Frömmste nicht in Frieden leben, wenn ihm die schöne Nachbarin gefällt.

Über Gewicht spricht man nicht. Übergewicht hat man.

❀

Gespart wird, koste es was es wolle.

❀

Wer anderen in der Nase bohrt, hat selbst nichts drin (ist selbst ein Schwein).

❀

Lieber alles falsch machen, als ewig ins Fettnäpfchen treten.

❀

Wer den Schaden hat, braucht für den Schrott nicht sorgen.

❀

Wer den Schaden hat, braucht den Schrott nur noch abzuholen.

❀

Wer den Schaden hat, spottet jeder Beschreibung.

❀

Wer zuletzt lacht, hat's vorher nicht begriffen.

❀

Ein hungriger Esel läuft schneller als ein vollgefressenes Pferd.

❀

Wer im Glashaus sitzt, sollte sich nur im Dunkeln ausziehen.

Keiner ist unnütz, er kann noch als schlechtes Beispiel dienen.

❀

Wenn andere glauben, man könnte es besser machen, beweisen wir ihnen das Gegenteil.

❀

Lieber fünf Minuten feige, als ein Leben lang tot.

❀

Zu blöd, dass am Ende vom Geld noch so viel Monat übrig ist.

❀

Wer kriecht, kann nicht stolpern.

❀

Wer reif ist, fault auch schneller.

❀

In der heutigen Zeit muss man mit der Zeit gehen. Wenn du heute nicht mit der Zeit gehst, dann musst du mit der Zeit gehen.

❀

Man ist niemals zu schwer für seine Größe - aber man ist oft zu klein - für sein Gewicht.

> *Übrigens:*
>
> *Meine Luise und ich wollten eigentlich gar nicht heiraten, aber unsere Enkel haben uns gedrängt.*

Sinnsprüche

Der liebe Gott sieht alles, die Nachbarschaft noch mehr.

Wer mehr Eisen im Feuer hat, verbrennt sich leicht die Finger.

Tu Gutes: Dein Nachbar erfährt es nie.
Tu Böses: Man weiß es auf hundert Meilen.

Da wo viel Licht, da ist auch starker Schatten. (Götz von Berlichingen)

Mit der Zeit gehen, heißt auch beizeiten gehen.

Es gibt Wohltäter, die es gerne sehen, wenn sie auf frischer Tat ertappt werden. (Louis Armstrong)

Es ist besser, Genossenes zu bereuen, als zu bereuen, dass man nicht genossen hat. (Giovanni Boccaccio)

Freundschaft ist Liebe mit Verstand.

Wer sich nicht nach der Decke streckt, dem bleiben die Füße unbedeckt.

Greife nie ins Wespennest, aber wenn, dann greife fest.

Wem genug zu wenig ist, dem ist nichts genug.

Die schwerste Turnübung ist, sich selbst auf den Arm zu nehmen!

❀

Wer sich nicht selbst verspotten kann, der ist fürwahr kein ernster Mann.

❀

Je länger der Heimweg, desto früher die Hochzeit.

❀

Ein Mann in den besten Jahren hat die guten schon hinter sich.

❀

Seit sie das Sagen hat, fehlen ihm die Worte.

❀

Scharfsinnig ist der Ehemann nur dann, wenn er eine Ausrede sucht!

❀

Nicht alles, was alt ist, ist schlecht. Aber nicht alles Neue ist gut.

❀

Humor und Geduld sind Kamele, mit denen wir durch jede Wüste kommen.

❀

Zum Hofnarren gehört Talent, zum König genügt Abstammung.

❀

Wir gehen mit der Welt um, als hätten wir noch eine zweite im Kofferraum.

Beim Griff in die eigene Tasche stellt man immer wieder fest, dass die öffentliche Hand schon vorher drin war.

❀

Ein Kritiker ist eine Henne, die gackert, wenn andere legen.

❀

Kritiker sind Ziegen, die meckern und keine Milch geben.

❀

Sorgen sind wie Babys, je mehr man sie verhätschelt, desto besser gedeihen sie.

❀

Es ist so leicht andere, und so schwer, sich selbst zu belehren.

❀

Das einzige Mittel, das Leben zu ertragen, ist: es schön zu finden.

❀

Die schwarzen Schafe in der Familie sind oft die nettesten.

❀

Das Lächeln ist der kürzeste Weg zwischen Menschen.

❀

Wer sich selbst nicht mag, mag auch andere nicht.

❀

Musik wäscht den Staub des Alltags von der Seele.

Warum bekommt der Mensch die Jugend in einem Alter, in dem er nichts davon hat?

❀

Große Tugenden machen einen Menschen bewundernswert; die kleinen Fehler machen ihn liebenswert.

❀

Die Welt ist nicht größer als das Fenster, das du ihr öffnest.

❀

Späte Rosen im Garten lassen den Winter noch warten.

❀

Vieles auf der Welt wäre uninteressant, wenn es nicht verboten wäre.

❀

Jede Minute, die man lacht, verlängert das Leben um eine Stunde.

❀

Takt besteht darin, zu wissen, wie weit man zu weit gehen darf.

❀

Das Einzige, was man ohne Geld machen kann, sind Schulden.

❀

Wo Gewalt angewandt wird, da wird Gewalt geweckt.

Gute Erziehung hat auch einen schrecklichen Nachteil: sie schließt einen von vielen aus.

❀

Wer A sagt, muss nicht B sagen. Er kann auch erkennen, dass A falsch war.

❀

Nichts bedarf so sehr der Reform wie die Gewohnheiten der Mitmenschen.

❀

Niemand trägt auf einer Party so viel zur Unterhaltung bei, wie die, die gar nicht da sind.

❀

Bei den Menschen ist es wie bei den Autos: Laster sind schwer zu bremsen.

❀

Gott erschuf den Mann, dann ließ er seinen Lehrling ran.

❀

Gib jedem Tag die Chance, der schönste deines Lebens zu sein.

❀

Ich kenne keinen Fehler bei anderen, den ich nicht auch hätte begehen können.

❀

Die Liebe, die zählt keine Stunden; selbst die Ewigkeit ist ihr zu kurz.

's Leben isch a Viecherei

Es sagt der Xaver zu seiner Frau: „Wenn i wied'r auf d' Welt komm, wer i a Aff!" Darauf sagt sie: „Des wird it gauh', ma wird it zweimol 's Gleiche!"

Das ganze Leben ist eine Viecherei. In der Nacht schläft man wie ein Bär, man steht auf, wäscht sich wie eine Katze, man springt zum Omnibus wie ein Hund, im Bus hängt man drin wie ein Affe, untertags muss man schaffen wie ein Stier, abends kommst du heim und hast Hunger wie ein Wolf, dann kann's passieren, dass die Frau sagt: „Jetzt isch des Kamel au scho wieder do!“

❀

Bei der Frau ist alles Tier. Die Schuhe sind vom Krokodil, die Handtasche von der Eidechse, der Mantel vom Schaf, die Kamele laufen ihr nach und der Esel daheim bezahlt alles.

❀

Das Stinktier
Ein Stinktier saß auf einer Bank und stank. Es hatte keine Eile - es stank aus Langeweile. Selbst als die Sonne war gesunken, da hat es immer noch gestunken. Schließlich wurde mir dann klar, dass ich das Stinktier selber war.

❀

Die Dienstmagd Rosl von Bimlings musste gehen, weil sie nicht akkurat gearbeitet hat. (Sie war a bitzle a Drecksau.) Beim Weggehen schenkte sie den Kindern im Haus noch ein kleines Geldstück. Und dem Hund, ihrem Fifi, steckte sie sogar einen Landjäger ins Maul. „O, dös brauchts doch it“, sait die Dienstherrin. Do sait d' Rosl: „Wieso, grad dr Fifi soll ebbas han. Der hot mir oft beim Tellerspüele gholfe, wenn ihr allat mittags gschlofe hand.“

Dr klei Willi hot ebbas ganz Bsonderes zum Beichte g'het: „I ha d' Fischle trätzt." Do sait dr Kapla: „Dös muescht scho gnau verzähle!" Do sait dr Willi: „I bi beim Krottebach uf d' Bruck higflacket und ha de Rotz naglau. Wenn nocha d' Fischla zuegschnappt hand, nocha hau i's Fuettr glei wieder eizoge."

❀

Dr Alois und dr Fidel sind schwer atrunke um zwoi am Morge hoimtrottlet. Aloise sait: „Froh bin i, wenn i z'lieget komm. Und froh, dass 's Weib vo mir scho schloft." Dr Fidel sait: „A bitzle ha i scho Angscht. Die Mei ischt allat wach. Am liabschte wär i halt a Maus. Dös isch's Oizig, was se fiecht."

❀

Sie zu ihm: „Geh zum Einkaufen." Protest von ihm: „Bei deam Wetter jagt ma koin Hund it naus!" Sie: „I hob it gset, dass du de Hund mitnehme sollst."

❀

„Dös macht der unser au", hot drsell gsagt, wia a Bekannter a'geabe hot, dass sei Hund jeden Tag d' Zeitung holt, - „und mir hand se it amol abonniert!"

❀

Das Huhn sagte zum Schwein: „Wir beide könnten eigentlich eine Fusion machen. Du lieferst das Fleisch und ich die Eier. „Da muss ich aber sterben", gab das Schwein zu bedenken. Darauf sagte die Henne: „Das ist so üblich bei einer Fusion; einer muss dran glauben!"

Glückwünsche

Das große Glück, noch klein zu sein,
sieht mancher Mensch als Kind nicht ein
und möchte, dass er ungefähr
so sechzehn oder achtzehn wär.
Doch schon mit achtzehn denkt er :"Halt,
wer über zwanzig ist, ist alt."
Kaum ist die Zwanzig dann geschafft,
erscheint die Vierzig greisenhaft.
Und dann die Vierzig, welche Wende,
die Fünfzig gilt beinah als Ende.
Doch nach der Fünfzig peu à peu
schraubt man das Ende in die Höh.
Die Sechzig scheint noch ganz passabel
und erst die Siebzig miserabel.
Mit siebzig aber hofft man still,
ich werde achtzig - so Gott will.
Und wer die Achtzig überlebt,
zielstrebig auf die Neunzig strebt.
Dort angelangt zählt er geschwind
die Leute, die noch älter sind!

Glückwunsch - Litanei

(z.B. zum 60-sten Geburtstag)

Mit 60, wie ein jeder sagt, bist du nicht alt, doch leicht betagt. Mit 60, ohne abzuschweifen, gehörst du nun auch zu den Reifen. Mit 60, das steht leider fest, so mancher sich schon hängen lässt. Dass dir das nicht passieren kann, flehn wir jetzt alle Heiligen an:

Vorbeter	Antwort
Heilige Cäcilie:	Erhalte ihr ihre Familie!
Heilige Sybille:	Verpass ihr keine starke Brille!
Heilige Loren:	Schütze Nase und Ohren!
Heiliger Theophal:	Bewahre sie vor Haarausfall!
Heilige Marlies:	Behüte sie vor Schweißfüß!
Heiliger Balduin:	Nimm ihr den Zucker im Urin!
Heiliger Hyronimus:	Bewahre sie vor Hexenschuss!
Heilige Henriette:	Lass sie fit sein im Bette!
Heiliger Stanislaus:	Treibe ihr die Flausen aus!
Hl. Hans v. Hagen:	Lass sie weiterhin den Wein vertragen!
Heilige Marei:	Schütze sie vor der Polizei!
Heiliger Maximilian:	Nimm dich ihres Sexappeals an!
Heiliger Ambrosius:	Bewahre sie vor Panik und Toreschluss!
Heilige Elfriede:	Bewahre sie vor der Hämorride!

Heilige Julia und Tamare:	Mach ihr leicht die Wechseljahre!
Heilige Anastase:	Vermeide eine schwache Blase!
Heilige Kunigund:	Schütze sie vor Gedächtnisschwund!
Heiliger Dominikus:	Bewahre sie vor Stress und Frust!
Hl. Christophorus:	Gib ihr Geld im Überfluss!
Heiliger Emanuel:	Lass sie niemals werden „kähl“!
Heiliger Cosmas und Damian:	Lass sie immer kommen pünktlich an!
Heiliger Valentin:	Lass sie manchmal haben einen Spleen!
Heilige Margarethe:	Lass sie öfters machen so eine Fete!
Heilige Rosa:	Lass sie immer gut liegen auf einem Sofa!
Heiliger Klaus:	Lass niemals ausgehen das Holz im Haus!
Heiliger Franz von Merkur:	Erhalte ihr ihre schlanke Figur!
Alle Heiligen von Hinz und Kunz:	Erhalte die ..... noch lange uns!

Wir haben die Heiligen nun angefleht, dass es noch lange gut dir geht! Vor Kummer und vor Herzeleid bewahr der Herr dich allezeit!
Alle Heiligen und auch wir wünschen alles Gute dir!

Glückwunsch für Männer

Wir wünschen dir mit viel Vergnügen:
Du sollst nie eine Grippe kriegen.
Kriegst du sie aber doch,
dann wünschen wir dir noch:
Ein weiches Bett,
ein spannendes Buch
und ein riesengroßes, schönes, weiches
Taschentuch.

Wir wünschen dir mit viel Vergnügen:
Du sollst nie eine Glatze kriegen.
Kriegst du sie aber doch,
dann wünschen wir dir noch:
Einen schicken Hut,
eine warme Mütze
und nicht zu viele blöde, dumme
Glatzenwitze.

Wir wünschen dir mit viel Vergnügen:
Du sollst nie einen Kater kriegen.
Kriegst du ihn aber doch,
dann wünschen wir dir noch:
Einen sauren Hering,
eine grüne Gurke
und zur Strafe ein Donnerwetter,
du alter Schurke.

Zum Geburtstag - Meine Hand

Wie ein Ruf von Donnerhall,
schallt es um den Erdenball,
wir alle feiern heut
den 60-er vom ...., welche Freud.
Lange hab ich nachgedacht,
womit man Dir eine Freude macht.
Mit Stolz kann ich verkünden,
ich konnte ganz was Tolles finden,
das selbst der Papst nicht kann erlangen,
was Adenauer durfte nicht empfangen,
von Weizsäcker wartet heut' noch drauf,
Gorbi sucht's im Dauerlauf,
Helmut Kohl war es nie vergönnt,
Gerhard Schröder es nie haben könnt,
die Queen Elizabeth es nie bekam,
Steffi Graf es nie entgegennahm,
was auch Boris Becker bis heut' vermisst,
dem Schuhmacher nie gegeben ist,
Edmund Stoiber, der nur träumt davon,
für Bill Clinton bleibt es Illusion,
was Franz Josef Strauß nicht hat erlebt,
wonach Thomas Gottschalk schon ewig strebt.

Das bekommst, wie soll es anders sein.
Du lieber ...., ganz allein.
Du Glücklicher in unserem Land.
Du sollst sie haben - Meine Hand.

Wann bist du alt?

Ein Spiegel hängt in deinem Zimmer,
du stehst davor, den Kopf geneigt,
und siehst, dass sich an deinen Schläfen
ein grauer Schimmer deutlich zeigt.

Beim Lesen streikt dir die Pupille,
auch neue Beißer brauchst du bald.
Du murmelst in der Stille,
ja, ja, - nun werd ich langsam alt.

Du solltest aber lieber schmunzeln,
kriegt auch dein Haar ein Silberstich
und deine Stirne ein paar Runzeln,
das ist nur alles äußerlich.

Manch einer ist vielleicht erst zwanzig
und außen göttlich von Gestalt,
doch immer trocken, schwunglos, ranzig,
wer sich so verhält, ja der ist alt.

Natürlich kannst du nicht mehr wachsen
mit 50ig, aber immerhin,
so lang du für Humor und Faxen
und Zärtlichkeiten noch hast Sinn,
so lange deine Augen glänzen
vom Feuer der Begeisterung,
bist du selbst mit 50 Lenzen
trotz Brille und Gebiss noch jung.

Festordnung

§ 1) Wenn die Zahl der Gäste mit der Anzahl der Geschenke übereinstimmt, kann mit der Feier begonnen werden.

§ 2) Die Festteilnehmer haben die Feier durch gesunden Humor, guten Appetit und gewaltigen Durst, sowie durch treue Anhänglichkeit zu verschönen.

§ 3) Während der Mahlzeiten dürfen höchstens zwei Personen von einem Teller essen.

§ 4) Wer gerade die Schüssel hat, der nehme das größte Stück, denn sonst nimmt es der Nachbar (auch er hat 3 Tage gefastet).

§ 5) Wer zum Fest geladen ist, soll sein Wort, aber keine zu langen Reden halten.

§ 6) Zwecks Verständigung dürfen nicht mehr als drei Teilnehmer zu gleicher Zeit eine Rede halten.

§ 7) Die Getränke sind zum Trinken, das Essen zum Verspeisen und sämtliche weibliche Wesen zum Tanzen vorgesehen.

§ 8) Beim Tanzen darf man höchstens so lange auf den Füßen einer Dame stehen, bis man von ihr darauf aufmerksam gemacht worden ist.

§ 9) Falls das elektrische Licht versagt, ist das Küssen im Dunkeln auch den Ehepaaren gestattet.

§10) Essen und Trinken schmecken besser runter als rauf.

§11) Die Gläser sind beim An-, nicht beim Aufstoßen zu heben.

§12) Seinen Kater hat jeder mit nach Hause zu nehmen und solange mit sich zu führen, bis sich das drollige Tierchen wieder erholt hat.

§13) Sollte die Zahl der Gäste bis auf „Eins“ zusammenschrumpfen, so ist unverzüglich Schluss zu machen.

Das Alter

Alter der Männer im Vergleich zur Eisenbahn.
20 - 30 Jahre: wie ein Güterzug - steht alle Augenblicke.
30 - 40 Jahre: wie ein Personenzug - verkehrt regelmäßig.
40 - 50 Jahre: wie ein Eilzug - verkehrt selten, hat aber bequeme Einfahrt.
50 - 60 Jahre: wie ein Messezug - verkehrt einmal im Frühling und einmal im Herbst.
60 - 70 Jahre: wie ein Luxuszug - verkehrt nur auf besondere Veranlassung.
70 - 80 Jahre: wie ein Triebwagen - pendelt nur noch hin und her.

Alter der Frauen im Vergleich mit Obst:
Mit 30 wie Mandarinen
mit 40 wie Apfelsinen
mit 50 wie Orangen
mit 60 wie Zitronen.

Nix für ungut, ich hab auch eine Zitrone daheim, aber die hat viel Moos und mit dem Geld geh' ich ab und zu Mandarinen kaufen.

❀

Alter der Frauen im Vergleich mit Erdteilen:

Mit 30 wie Asien - wild und unerforscht
mit 40 wie Afrika - heiß und stürmisch
mit 50 wie Amerika - technisch voll auf der Höhe
mit 60 wie Europa - kühl und abgewirtschaftet
mit 70 wie Australien - fern von jedem Verkehr
mit 80 wie Sibirien - jeder weiß wo es ist, keiner will hin.

❀

Wie merkt man, dass man älter wird?
1.) Wenn beim Zeitunglesen die Hände zu kurz werden und wenn man das Nachthaferl näher her hebt.

2.) Wenn ein Herr Kondome kauft und die Verkäuferin will wissen: „Soll ich sie als Geschenk einpacken?“

❀

Ein Tourist: „Ist das Klima hier gesund?“ „Und ob“, versichert der Bürgermeister des Dorfes, „wir mussten unseren ältesten Einwohner vergiften, um endlich den Friedhof einweihen zu können.“

„Do wär er besser gar it gstorbe“, hot d’ Witwe gsagt, wia s’ so viel Formular für die Versicherung hot ausfülle müesse.

❀

„Medikamente sollen oft unerwünschte Nebenwirkungen haben!?“ - „Stimmt, meine Erbtante ist damit neunzig Jahre alt geworden!“

❀

Henslers Bene hot grausame Fuaßschmerze. „Ja Bendikt“, sait dr Doktr, „diese Beschwerden sind typische Alterserscheinungen. Das haben viele alte Leut’.“ - „Noi, noi“, sait dr Bene, dös ka i it glaube, der reacht Fuaß tuet koi bitzle weh und der isch gleich alt. Der gfrait mi richtig, aber dr oi isch a Hundling.“

❀

Die alte Hildegard jammert vor dem Ortsgeistlichen: „O mei, Herr Pfarrer, i ha allat so Angscht vor’m Schterbe. I moi allat, i komm im Feagfuir ganz z’unterscht na.“ „Hilgat, do brauchscht koi Angscht hau“, sagte der Pfarrer, „wenn d’ Hilgat kut, no tuet bas Fegfuir it extra umbeige.“

❀

„Wie goht’s em Großvattr?“ hot ma ’s Büeble gfroget. „Gar it rar“, sagt ’s Büeble, „nächt ischt der Pfarrer do gwese und hot de letzte Ölwechsel gmacht.“

Rentnerklage

Als Rentnar bischt a armer Tropf,
hoscht fascht koi Zäh' und wenig Hoor am Kopf,
allebot schießt dr ebbas ins Kreiz,
's Gmerk nimmt a', und zue der Geiz.

❀

Zuckar hoscht und Hämorride,
d' Näs isch o nimma in der Mitte,
wässrig wird o die Pupille
und du brauchst a nuie Brille.

Dr Dokter set „koin Alkohol“,
dr Bluetfettspiegel ischt scho voll,
nix rauche, wenig esse,
Knoblauchpilla it vergesse.

❀

D’ Bandscheibe sobba dringend lifte,
im Herbscht kut’s zu ar nuie Hüfte,
im Hire rieslet scho der Kalk,
dr Kopf ischt heiß, d’ Füeß sind kalt.

❀

Mir hand bigott koi ruhige Stund,
denn ’s Weib findt allat mea an Grund:
dätsch br..., dätsch br..., i will it lüege,
do kennt i glei Zueständ kriege.

❀

Früher war des halt a Leabe,
do hot’s o no an Urlaub geabe,
früher hoscht o no im Bett
ab und zua a G’schpäßle ghet.

❀

Ruckscht amol a bissle zue,
noch heißt es glei „I mecht mei Rueh“.
(Was duescht mit so am Sapermentar,
kascht bloß ins nägschte Eroscenter.)

❀

I bitt uib schea in Stadt und Land,
hand Mitleid mit em Rentnarstand!

Allerlei Sprüche

Rede, dass dich alle hören können. Stehe dorthin, wo dich alle sehen können. Und höre auf, damit dich alle leiden können.

❀

Dass mir der Hund das Liebste sei, sagst du, o Mensch, sei Sünde. Der Hund blieb mir im Sturme treu, der Mensch nicht mal im Winde.

❀

Da wo man lacht, da trägt das Leben Zinsen, böse Menschen lachen nicht; böse Menschen grinsen.

❀

Allein sein müssen ist das Schwerste, allein sein können ist das Schönste.

❀

Das Geheimnis, das du deinen Feinden nicht sagen willst, vertraue deinen Freunden auch nicht an.

❀

Ein Pessimist ist ein Mensch, welcher von zwei Übeln beide wählt.

❀

Ein Pessimist ist ein Optimist, der nachgedacht hat.

❀

Die Steigerung von „Du bist mir lieb und wert“: Du bist mir am liebsten am Allerwertesten.

Die Macht der Presse spüren vor allem die Weintrauben.

❀

Das Stolpern lernt der Mensch von Fall zu Fall.

❀

Das Einzige, was manche Menschen erträglich macht, ist ihre Abwesenheit.

❀

Alle wollen dein Bestes, sei auf der Hut!

❀

Alle wollen euer Bestes, lasst es euch nicht nehmen.

❀

Alles ist Gift; es kommt nur auf die Dosis an.

❀

Alle wollen zurück zur Natur - nur nicht zu Fuß!

❀

An seinen Feinden rächt man sich am besten dadurch, dass man besser wird als sie.

❀

Und ist der Fettnapf noch so klein, irgendwer tritt doch hinein.

❀

Ärgere dich nicht über die Dornen am Rosenstrauch, sondern freue dich, dass am Dornenstrauch Rosen sind.

Auf der faulen Haut liegen ist herrlich; es muss nicht mal die eigene sein.

❀

Von allen Lastern ist Anstand das kostspieligste.

❀

Es ist ein Naturgesetz, dass der Mensch um so bissiger wird, je mehr Zähne er verliert.

❀

Ein Mensch bemerkt mit bittrem Zorn, dass keine Rose ohne Dorn. Doch muss ihn noch viel mehr erbosen, dass sehr viel Dornen ohne Rosen.

❀

Ein Freund ist jemand, der dich mag, obwohl er dich kennt.

❀

Auf der untersten Sprosse der Erfolgsleiter ist die Unfallgefahr am geringsten.

❀

Die beste Informationsquelle sind Leute, die versprochen haben, nichts weiter zu erzählen.

❀

Neid ist die ehrlichste Art der Anerkennung.

❀

Liebe ist Tollheit - sie überspringt einen Bach, wo es eine Brücke gibt.

Witze, Witze, Witze

Nach der Hochzeitsnacht hot er zu ihr gset: „Koch an Kaffee, oder kasch des o it!“

❀

„Schau dr des Prachtstück a, des s’ mir herglegt hot“, hat der Heini g’sagt, wie ihn der Martl g’fragt hat, warum er der Garderobenfrau so viel Trinkgeld gegeben hat.

❀

„Des muass er si selber ausdenkt hau“, hot der Bernhard g’sagt, wie sei‘ Papagei so g’flucht hot.

❀

„I bleib liaber beim Katarrh“, hat der Adelwart g’sagt, wie man ihm zum Frühsport geraten hat.

❀

„Du Tante, g‘hörst du wirklich au zum schöneren Geschlecht?“ hat der Beppi sei Tante Flora g’fragt.

❀

Eine Ordensschwester sammelt für eine gute Sache. Spontan zückt ein betagter Kavalier die Brieftasche und überreicht der Schwester einen Hunderter mit den Worten: „Den kriegen Sie, wenn Sie mir versprechen, dass Sie mich besonders gut pflegen, wenn ich mal auf Ihre Krankenstation kommen sollte.“ - „Versprochen“, lächelt die Schwester und steckt den Schein ein, „ich arbeite auf der Entbindungsstation!“

Ein Busfahrer und ein Pfarrer sterben bei einem Unfall und stehen vor der Himmelspforte. Petrus lässt nur den Busfahrer herein. Dem Pfarrer erklärt er: „Immer wenn du gepredigt hast, haben alle geschlafen. Wenn er gefahren ist, haben alle gebetet!"

❀

Ein Gast zum Ober: „Was kostet bei Ihnen der Schweinebraten?" - „1,50 DM." - „Und eine halbe Bier?" - „0,30 DM." Daraufhin sagt der Gast: „Da zahlen S' aber drauf. Sind Sie der Wirt?" Der Ober antwortet: „Nein, ich bin der Schankkellner, der Wirt ist mit meiner Frau oben im ersten Stock und macht unsere Ehe kaputt, und ich mach ihm hier sein Geschäft kaputt!"

❀

Zwei alte Frauen treffen sich in Kempten beim Einkaufen. „Haben Sie's schon gelesen, hier soll ein Eros-Center gebaut werden?" Darauf die andere: „Das ist mir gleich, ich kaufe nach wie vor beim Feneberg ein."

❀

Der Sohn stellt den Eltern seine Zukünftige vor. Diese sind aber nicht von seiner Wahl begeistert und machen auch keinen Hehl daraus. Da meint der Sohn: „Mit so am alta Auto, wie mir hand, hob i nix Besseres finde könne!"

❀

Wie wird ein Dreißigjähriger in einer Diskothek angeredet? „Na Opa, auch hier? Brennt vielleicht das Altersheim?"

’s Mädle will heire und set zum Vattr: „I hätt gern anAusziehtisch.“ Drauf dr Vattr: „Dir junge Leit allat, mit dem neumodische Zuig; dei Muettr hot si ihr Lebtag uf dr Bettkante auszoge!“

❀

Die Oma sagt am Montag zu der Nachbarin: „Mei, war des gestern a schöne Wahl!“ - „Wieso, warum war die Wahl schön?“ - „Ja mei, die Schwarze hand mi mit dem Auto abgholt und wieder hoimbrocht, die Rote hand mir vor ’m Wahllokal glei an Pikkolo eigschenkt, die Grüne hand mir glei a Rose ins Knopfloch gsteckt, bloß d‘ FDP, die hat nix gmacht. Aber dös hob’ i deane ankreuzt!“

❀

„Kannst du mir einen guten Steuerberater empfehlen?“ - „Ja, natürlich, den meinen! Meine Frau hat sich liften lassen, und mein Steuerberater hat es fertig gebracht, den Eingriff als dringende Altbausanierung von der Steuer abzusetzen.“

❀

Ein Beamter ist für jede Frau das Ideal eines Ehemannes: Abends ist er nicht müde und die Zeitung hat er auch schon gelesen!

❀

Unter den frommen Brüdern ist ein Mönch schwer erkrankt. Der herbeigerufene Arzt untersucht ihn und meint dann zum Abt: „Es ist Gott sei Dank nichts Ernstes. In einer Woche haben wir ihn wieder auf den Knien!“

Ein Ehepaar machte einen Alpenrundflug. Als sie Angst bekam, drückte er sie an sich und sagte: „Scheiß dr nix, wenn mer nafallet. Eis ghört a ja gar it, der Flieger.“

❀

Ich bin kürzlich in der Früh aufgestanden, hab mir die Zähne geputzt. Plötzlich bricht das Bürstle ab und ich hab den Stiel in der Hand. Beim Kaffeetrinken bricht die Tasse und plötzlich hab ich den Henkel in der Hand. Dasselbe beim Schuhebinden. Dann aber war der Tag gelaufen und ich hab mich nicht mehr getraut, zum Bieseln zu gehen.

❀

Herr und Frau Meier haben getrennte Schlafzimmer. Eines Nachts stößt sie einen Schrei aus. Herr Meier eilt hinüber, da schimpft sie: „Ein Einbrecher war hier und hat mich im Dunkeln vernascht!“ „Wieso hast du denn nicht früher geschrien?“ „Erst dachte ich ja, du seist es, aber als er dann ein zweites Mal wollte...“

❀

Der Seppl kommt ins Krankenhaus und wird von einer Schwester zu seinem Bett geführt. Sie will ihm helfen und fragt: „Haben Sie einen Pyjama?“ „Noi“, sagt der Seppl, „i hob a Gschwür am Zwölffingerdarm!“

❀

„Könnt i d' Flasche wieder hau, weil i do drin an Essig hole soll“, hot 's Lieserl gsagt, wia s' die Urinprobe in der Apotheke abgeabe hot.

Privatpatient! „Schön, dass wir uns treffen, Herr Brösel. Der Scheck, mit dem Sie meine Behandlung bezahlt haben, ist von der Bank zurückgekommen!" - „Donnerwetter, na so was, Herr Professor, aber es trifft sich gut - mein Rheuma ist auch wieder da!"

❀

Der Bundeswehrarzt untersucht einen Soldaten und sagt kopfschüttelnd: „In meiner ganzen Laufbahn habe ich noch nie einen Soldaten gesehen, der seinen Nabel so tief unten hat. Was machen Sie für einen Dienst?" - „Ich bin Fahnenträger!"

❀

Beim Käser Selzle hot ma a kleis Mädle kriegt. Die groß Schwester, a gscheite Föhl, hot wölle d' Name raussueche. Oin vo drei: Tanja, Sonja, Elke. Und d' Muettr hot ehrwürdigere vorschlage wölle: Theresia, Agatha, Luzia. Do hot dr Käser Selzle gsait: „Jez red i: Dös kloi Buzele hoißt: Romadura, und damit baschta!"

❀

Der Pfarrer ist gerade zur Mittagszeit zu Besuch. Da er Hunger hat, fragt er den kleinen Toni: „Du, wia hält ma's bei ui mit'm Mittagesse?" - Do sait dr Bua: „Suscht hammer's um zwölfe. Aber wenn a Bsuach do isch, no warte mir allat, bis er me gange isch."

❀

„Ja Büeble", sait dr Herr Pfarrer uf dr Strauß zu am Erschtklässler, „du sottescht aber dei Näs putza!" - Do sait's Büeble: „I verzieh's scho no."

Ein Türke wollte beichten. Dabei sind Sprachschwierigkeiten entstanden. Der Beichtvater sagte zu ihm: „Weischt was, jetzt holescht bei mir an kleine Beichtspiegel in türkisch und no kuscht me.“ Der Türke holt den Beichtspiegel, studiert ihn und kommt am nächsten Samstag wieder. Er rumpelt in den Beichtstuhl und sagt: „Alles sauber durchgelesen - überall dabeigewesen. Amen.“

❀

Dr Schuehmacher Hölzle war streng und oft narret mit seim Lehrbua, dem Karli. Amol hot er eahm de Hammer an de Grind nagworfe. Aber der hot se schnell duckt, und ’s Inschtrument hot Hölzles Weib troffe. Do hot dr Meischtr g‘jublet und hot gsait: „Au reacht!“

❀

Ein Pfarrer radelte nachts ohne Licht durchs Dorf. Und schon war die Polizei da: „Herr Pfarrer, das ist gefährlich. Zahlen Sie fünf Mark. Sie könnten leicht in ein Auto rumpeln!“ Hochwürden hörte zu und zahlte, sagte aber zu dem Polizisten: „Mir passiert nicht viel. Bin immer zu zweit. Gott, der Herr ist bei mir!“ - „Ja, dann zahlen Sie eben nochmal fünf Mark.“

❀

Ama Nuijohrstag isch gwea, elend kalt war’s. Vattr und Muettr sind mit ’m kleine Rudi spaziere gange. Aber it lang, nocha sind se in a warme Wiatschaft nei und hand zwoi Gläsla Zwetschgewassr bschtöllt. Do sait dr vierjährig Rudi: „Was solle mer nocher dr Mama bschtölle?“

Dr kloi Seppl von der ersten Klass bleibt oifach am Vormittag weg von dr Schuel. Am Nachmittag sait dr Lehrer: „Ja Buele, wo bischt heit am Morge gwea?“ Do sait dr Seppl: „I ha ’m Vattr helfe müesse Holz mache!“ Do sait dr Lehrer: „Dös glaubscht ja seal it, so a Schtumpe ka no it Holz mache.“ „Freile“, sait der Seppl, „i ha ’m Vattr allat zwischenei in d‘ Händ schpeie müesse, dass er leicht’r duet.“

❀

„Büeble, wo goht’s uf Bimmlings?“, fragte ein fremder Herr am Weg. Der Bub ist nicht bereit, Auskunft zu geben. Darauf suchte der Fremde mit frommen Worten ihn zum Antworten zu bewegen: „Bue, wenn du so bockig bischt, kommscht du amol it in d’ Himmel. „Do sait’s Büeble: „Und du it uf Bimmlings!“

❀

Dr Lehrer Würstle froget seine Schüler: „Was ist das für ein Mensch, der immer im Recht ist, aber nachgibt?“ Do sait d’ Rosa: „Der isch brav.“ Und dr Heinrich sait: „A sötter isch liebenswert.“ Do sait dr Schorsch - aber er war a kleiner Stotterer: „Noi, noi, noi, a sö, sö, sölcher isch ve, ve, verheiret.“ Do sait dr Würstle: „Jez hosch du recht!“

❀

Der Straßenbahn-Schaffner Bayerl sagt zu einem jungen Fahrgast: „Du Kerle, du bist für eine Kinderkarte schon zu groß! Du musst voll bezahlen!“ - Do sait dr jung Fahrgast vo Hellegerscht: „Nocha brauchscht au it die ganz Zeit „Du“ sage, vrschtohscht mi? I ma dös it hau.“

Im alten Kaufbeurer Blättle war folgender Unfallbericht: „Wir betrauern einen angesehenen Schuhmachermeister, der eines tragischen Todes starb. Anscheinend ist die Leiche den Bahndamm hinaufgeklettert und dabei verunglückt. Und das Furchtbare dabei ist, dass der Tote von Katzenhirn stammt.“

❀

Ein berühmter Heimatforscher machte in einem Allgäuer Dorf Urlaub. Gleich am ersten Morgen traf er bei einem Rundgang den Bürgermeister und fragte ihn: „Sagen Sie mal, sind denn in Ihrer Gemeinde auch berühmte große Männer geboren worden?“ „Noi, noi“, antwortet der Bürgermeister, „allat bloß kleine Kindla. Ihr könnet högschtens no d’ Hebamm froge.“

❀

Der Herr Pfarrer hatte die Leiden des Dulders Job durchgenommen und lebhaft geschildert, welch grausame Prüfungen über diesen Mann gekommen waren. Dann fragte er: „Warum hat Gott dem Job alles genommen, nicht aber seine Frau?“ - Do sait dr klei Peter, a ganz g’scheiter: „Gott hot eahn no a bitzle weiter zwapsle lau.“

❀

Dr Bendikt vo Weitnau hot beim Oberpaur z’ Kempte zwoi Hosa und an Anorak mitlaufe lau. Beim Amtsgericht hot ma nocha eahn gfroget: „Wie kommen Sie zu einem solchen Diebstahl? Haben Sie gar nicht an Ihre gute alte Mutter gedacht?“ „Dös scho“, sait ar, „abr für dia han i ums Verrecke nix Passends gfunde.“

A Polizist hält an Autofahrer auf und sait: „Du bisch Zickzack gfahre, jetzt blosesch in's Röhrle. „Na", sait do dr Fahrer, „i bin stocknüchtern." „Guet", sait dr Gendarm, „no blos i nei, aber dann isch dei Führerschei weg!"

❀

„Hat sich dein Mann im Laufe eurer Ehe verändert?" „Das kann man wohl sagen. Früher erzählte er mir, was er auf dem Herzen hatte, und heute spricht er nur noch von seiner Leber."

❀

Der Reiseführer erklärt den Ausflüglern: „Hier im Hof wurde die letzte Hexe verbrannt!" Murmelt der Alois mit einem Blick auf seine Frau: „Des denksch dr au bloß!"

❀

Der Anton macht in Hamburg eine Stadtrundfahrt. Es geht auch durch St. Pauli. Der Busfahrer sagt durch sein Mikrofon: „Wir fahren an der sündigsten Meile Hamburgs vorbei!" „I it", ruft Anton entrüstet und springt ab!

❀

Fragt der Richter die Ehefrau: Warum wollen Sie sich scheiden lassen?" Klagt sie: „Weil mein Mann im Bett unersättlich ist. Nachts will er mindestens dreimal und vor und nach jeder Mahlzeit auch." Wendet sich der Richter an den Mann: „Was haben Sie dazu zu sagen?" Lächelt er: „Also, wenn Sie mich fragen, ich könnt' schon wieder."